W0271331

La Musique des âmes

DANS LA MÊME COLLECTION

Fous de foot, de F. JOLY,

illustré par Ch. BESSE

Le Pilleur de mots, de P. VARRAIN

Soundiata l'enfant lion, de L. KESTELOOT,

illustré par J. JOLIVET

Le Fantôme de la chambre bleue, de J.-P. KERLOC'H,

illustré par E. FLEYTOUX

L'Ombre de la cathédrale, de A. HUBERT-RICHOU,

illustré par N. SURE

© Éditions Sed, 2006
2, rue Chappe – 78130 Les Mureaux
Tél. : 01 34 92 78 78 – Fax : 01 34 92 82 50
Site internet : www.editions-sed.fr

Cycle 3 – ISBN : 2-86893-981-3
Réf. : 14905
Tous droits de traduction, de reproduction et d'adaptation
réservés pour tous pays.

La Musique des âmes

Sylvie Allouche
Clément Lefèvre

éditions sed

Si les événements décrits dans cet ouvrage sont malheureusement vrais, les personnages, eux, sont fictifs. Toute ressemblance avec des personnes réelles, vivantes ou mortes serait pure coïncidence.

Chapitre 1

Dans son atelier de la rue de Rome, à Paris, Nathan est penché sur son établi. Le visage grave, concentré, il ajuste ses lunettes encore une fois. Il polit, il affine, il caresse le bois. Des gestes mille fois répétés… L'érable, l'épicéa, l'ébène, le bois de palissandre embaument le lieu. Des copeaux jonchent le sol. « Nathan, le repas est prêt ! » l'appelle sa femme Alice du haut du petit escalier qui mène à l'appartement. Mais Nathan n'entend pas, Nathan n'a pas faim. Il est absorbé par le lent travail précis et méticuleux. Sa main ne tremble pas. Une à une, il assemble les quatre-vingt-trois pièces qui composent l'instrument.

Des centaines d'heures d'un travail d'artiste.

Nathan n'a rien à envier aux maîtres du XVIIe siècle ; il n'y a pas si longtemps, il était réputé pour être l'un des meilleurs luthiers de Paris. Son atelier ne désemplissait pas. Les violons des plus grands musiciens étaient passés entre ses mains habiles. Un jour, il a même restauré un Stradivarius, le bijou du maître de Crémone… On venait aussi de l'étranger pour le consulter. Mais ça, c'était avant. Avant la guerre. Avant la peur et l'humiliation.

Voilà des semaines et des semaines qu'il travaille sur ce violon. Chaque fois, il y met la même attention, le même génie, mais plus encore peut-être pour celui-là, qu'il destine à son fils Simon, peut-être aussi parce qu'il pressent que ce sera le dernier…

À pas feutrés, Simon descend l'escalier, une assiette à la main. Il n'a que treize ans, mais il est déjà très érudit pour son âge. C'est un élève studieux qui a soif d'apprendre. Il adore la poésie, Rimbaud, Verlaine et Mallarmé sont ses auteurs préférés. C'est son grand-père Joseph qui lui a donné le goût des beaux textes. Ainsi passe-t-il ses journées à lire, à jouer du violon ou à déchiffrer des partitions. En cachette de tous, il a même commencé à composer une œuvre qu'il ne montrera et ne jouera qu'une fois son violon achevé. Il lui faut aussi trouver un titre. C'est très important, le titre ; sans lui, l'œuvre serait orpheline. Il n'y a qu'avec son ami Matthias qu'il redevient un enfant de son âge. Billes et osselets remplacent alors notes et lectures.

Nathan le regarde. Aucun des deux ne parle pour le moment. Comme si le silence disait tout. Délicatement, Simon dépose l'assiette sur une petite table en bois. Ses yeux brillent en voyant l'instrument presque terminé. Il s'approche de l'établi. Il effleure le bois doux et soyeux de son violon. Les larmes lui montent aux yeux. Il ferme les paupières. Il est en habit noir

et en chemise blanche. L'Opéra est plein à craquer. L'archet à la main, il salue le public. Ses parents, sa petite sœur, son grand-père et Matthias sont au premier rang. Un léger signe de la tête de Nathan, presque imperceptible, confiant, donne le signal. Les premières notes résonnent, s'envolent loin, loin, loin.

D'une voix très douce, comme pour ne pas interrompre tout à fait le rêve, Nathan dit :

– Que sais-tu de l'âme, mon fils ?

– L'âme ?

– Oui, l'âme.

Simon réfléchit. Nathan voit qu'il cherche vraiment, qu'il va là où se trouve la réponse.

– C'est le souffle. La vie immortelle. L'essence invisible de chaque être.

Nathan sourit, ému et fier.

– Vois-tu, les violons aussi ont une âme.

Simon plisse le front.

– Elle est le mystère de cet instrument.

Elle est aussi le souffle et son essence invisible, comme tu l'as si bien dit. Sans elle, aucun son ne parviendrait jusqu'à nous, ou alors bien mauvais… Tu vois ce tout petit cylindre, là ?

Simon se penche. Il aperçoit la minuscule pièce.

– C'est lui qui transmet la vibration au violon. Il en est le cœur et porte le nom d'âme. Il faut le placer au millimètre près, sinon tout ce travail n'aura servi qu'à réaliser un bel objet inutile.

– Comment sais-tu où il faut le mettre exactement ? Tu fais des mesures, des calculs mathématiques ? demande Simon.

– Rien de tout cela. Seules mes mains ont gardé le souvenir du geste parfait.

Le carillon de la porte les fait sursauter.

– Matthias !

Simon se précipite vers son ami. Les deux garçons s'étreignent chaleureusement. Mais Matthias est contrarié.

– Bonjour, monsieur Lipmann, fait-il

en baissant les yeux.

– Tu en fais, une tête. Il est arrivé quelque chose? s'inquiète Nathan.

– ... non, non, c'est juste que j'ai vu en arrivant sur... ce qu'ils ont écrit... enfin, ça m'a fait bizarre.

Au beau milieu de la vitrine, cachant à la vue les violons, les violoncelles et les archets exposés, une affiche a été collée, portant l'inscription en grosses lettres: ENTREPRISE JUIVE.

– Oui, moi aussi ça me fait « bizarre », comme tu dis... Depuis qu'ils ont fait ça, il y a de moins en moins de commandes. Enfin... pour moi, parce que, en face, ils font le plein. Remarque, ils n'y sont pour rien, eux. Ce sont de braves gens.

Effectivement, la boutique des Lejeune est remplie de monde. Plus personne ne s'arrête devant celle de Nathan. Certains passent un peu gênés en détournant la tête, d'autres font tout de même un petit signe de la main, mais rares sont ceux qui entrent. La peur et la lâcheté, sans doute.

– Ils nous ont obligés à coller cette affiche sur la porte, maintenant. Ça fait fuir les gens, comme si nous avions la peste, dit Simon la gorge serrée.

– Pourquoi ils font ça? demande Matthias.

– Pourquoi… pourquoi… Dieu seul le sait… répond Nathan en levant les yeux au ciel.

Chapitre 2

Ce matin, Matthias s'est levé de bonne heure. Encore tout ensommeillé, il va à la cuisine en traînant les pieds et en se frottant les yeux. Henriette, sa grand-mère, lave des tasses.

– Ils sont partis à quelle heure ? demande Matthias en bâillant.

– Vers six heures. Ils m'ont dit de t'embrasser. Ils étaient très pressés. Une affaire urgente au journal. Un article important à écrire, qu'ils ont dit… Allez, ne fais pas cette tête.

– Si c'est comme ça, je vais me recoucher !

– Comme tu veux… Au fait, ils ont

laissé des tickets de rationnement sur la table. Si tu pouvais trouver un peu de farine et des œufs…

Matthias soupire, car il sait ce que cela signifie : non seulement il n'ira pas se recoucher, car il faut être parmi les premiers pour être sûr d'obtenir quelque chose, mais surtout, ce sont des heures qu'il devra passer à faire la queue à l'épicerie, à la boucherie, à la boulangerie… partout. Mais il sait aussi qu'il peut s'estimer heureux d'avoir ces tickets sans lesquels sa grand-mère, ses parents et lui-même ne pourraient ni manger, ni se chauffer, ni se laver. « C'est fou, tout de même, le savon coûte aussi cher que l'or, maintenant », comme dirait madame Martin. Et ses parents lui ont interdit de faire du marché noir.

– Tout le monde en fait ! s'était défendu Matthias.

– C'est hors de question ! avait répondu Blanche, sa mère. Revendre trois fois plus cher à des malheureux de la marchandise achetée avec des tickets de rationnement, je trouve cela honteux!

Jacques, son père, avait approuvé d'un signe de tête. Matthias leur promit donc de ne jamais se livrer à ce genre de commerce.

Au moins, quand Simon l'accompagnait, ils bavardaient pour faire passer le temps, mais, depuis quelques mois, son ami ne sort plus beaucoup. Ensemble, ils s'étaient baladés dans un Paris grouillant de monde à la recherche d'un peu de nourriture.

– Rien ne sera plus comme avant, avait murmuré Simon en regardant flotter les drapeaux à croix gammée sur l'Opéra. Moi qui rêvais de jouer ici un jour…

– Pourquoi tu es si pessimiste? Tu vois tout en noir.

– Parce que tout est noir! Ouvre les yeux, bon sang! s'était énervé Simon. Les Champs-Élysées, l'Arc de triomphe, le Louvre, Versailles, leur insigne nazi est partout. Tout leur appartient. Ils s'installent, occupent les plus grands hôtels, les plus belles maisons. Ils nous vident de notre histoire.

Matthias avait laissé passer la tempête. Il savait que son ami avait entièrement raison.

– La guerre finira bien un jour, avait-il seulement répondu.

– Un jour… avait répété Simon.

Ils avaient continué à marcher en silence. En passant devant un petit jardin public, Matthias remarqua une pancarte accrochée aux grilles. Lorsqu'il fut à bonne distance pour la lire, il écarquilla les yeux et avala difficilement sa salive. Comment peut-on faire des choses pareilles ? Un cœur bat-il dans la poitrine de ces hommes ? Il ne fallait surtout pas que Simon voie ça. Non, pas aujourd'hui. Trop, c'est trop. Par chance, un groupe d'enfants sortit du jardin à ce moment-là, masquant au regard de son ami les mots : INTERDIT AUX CHIENS ET AUX JUIFS.

Matthias parla de musique, posa mille questions à Simon sur tel ou tel compositeur : il savait que cela mettait aussitôt du baume au cœur de son ami qui ne tarissait pas sur le sujet. Simon lui dit que bientôt il aurait le plus beau violon de tous les temps et qu'il deviendrait un grand musicien.

– Le plus beau violon de tous les temps… Tu n'exagères pas un peu ? avait demandé Matthias en souriant.

– Si, un peu. Mais je t'assure que mon père y travaille depuis des mois. Lorsqu'il sera prêt, il faudra que je sois à la hauteur.

– Je ne m'en fais pas pour ça. Tu bosses tous les jours ta musique et je me demande même si tu ne te relèves pas parfois la nuit pour déchiffrer une nouvelle partition ou noter un truc qui te serait passé par la tête, pas vrai ?

Simon avait souri.

– Tu me connais bien, avait-il dit en posant sa main sur l'épaule de son ami.

Il est très tôt, mais une vingtaine de personnes piétinent, déjà, devant l'épicerie,

CHEMISERIE

pour le plus grand plaisir de monsieur Dufrais, le propriétaire.

– En voilà un qui ne connaît pas la faim, gras comme il est, fait une femme les lèvres pincées.

– Il paraît qu'il est très bien vu des Boches, continue une autre.

– Chut! taisez-vous, malheureuse, si on vous entendait les appeler comme ça...

– Ben quoi, c'est vrai! Pareil pour le boulanger, tous des vendus, j'vous dis. Y'a qu'à voir le sourire mielleux qu'il fait quand un Chleuh lui achète ses miches.

– Mais taisez-vous donc! insiste la femme à côté d'elle, en tournant la tête comme une girouette pour vérifier qu'aucun Allemand ne se trouve dans les parages.

De l'épicerie sort un vieux monsieur en costume sombre avec un gros cabas.

– Ben voyons, il a dû prendre ce qu'il y avait de meilleur, celui-là. Tous pareils, ces juifs, toujours les premiers servis.

Matthias quitte la file et va saluer

Joseph, le grand-père de Simon. En passant, il murmure à la femme :

– Langue de vipère, vous irez en enfer.

La femme, offusquée, harangue les clients :

– Vous avez entendu ? Non mais vous avez entendu ce qu'il m'a dit ?

Elle cherche un regard approbateur, quelqu'un qui lui donnerait raison, qui prendrait sa défense. Mais les gens ont d'autres chats à fouetter et n'ont pas envie de se mêler de ça.

Joseph serre la main de Matthias.

– Tu vas perdre ta place, lui fait-il remarquer.

– C'est pas grave, j'en avais assez d'attendre au milieu de ces pipelettes. En plus, il nous reste des provisions, je les ai vues dans le placard. Mais grand-mère a toujours peur de manquer, alors... Je lui dirai qu'il n'y avait plus rien.

Joseph sourit, mais il ne parvient pas à dissimuler son inquiétude.

– Tout va bien, monsieur Lipmann ?

demande Matthias.

– J'ai un mauvais pressentiment. Il faudrait que l'on parte avant que cela ne soit plus possible. La propagande est de plus en plus intense, dit-il à voix basse.

Matthias sait tout cela. Ses parents lui en ont parlé. Et puis il a vu les affichettes sur les murs et celles qui circulent de mains en mains, sur lesquelles les juifs sont représentés de manière grotesque. On les assimile à des animaux nuisibles, à des rats. On les accuse d'être responsables de tous les malheurs…

– Non seulement les Allemands montent la population contre nous en placardant des choses immondes sur les juifs, et en distribuant des tracts, mais ils nous ont tous recensés.

– Pour quoi faire? demande Matthias.

– Je ne sais pas au juste. Ils veulent tout savoir de nous, le nom, l'adresse et même nos origines. Et cela ne me dit rien de bon.

Il sort de la petite poche de son gilet

sa montre à gousset.

– Il faut que je rentre, maintenant, cela fait trois heures que je suis parti, ils vont s'inquiéter.

Matthias serre très fort la main que lui tend Joseph, puis s'en va.

– Attends, attends ! le retient le vieil homme. Viens ici une seconde.

Matthias revient sur ses pas. Discrètement, Joseph sort une grosse miche de pain de son cabas et la lui donne.

– Tiens, prends-la, comme ça tu n'auras pas à mentir à ta grand-mère.

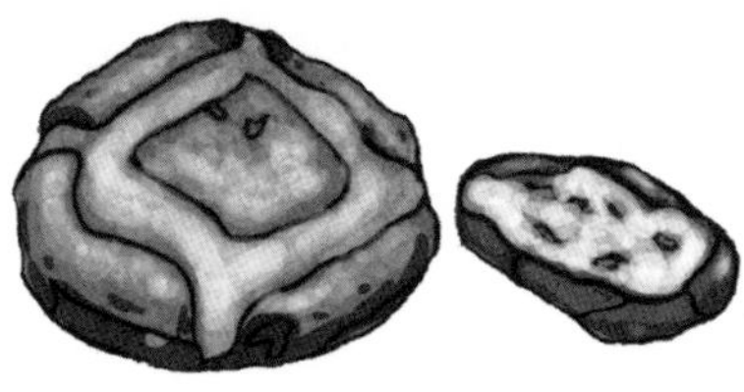

Chapitre 3

La famille Morel est réunie autour d'une assiette de rutabagas et d'un maigre morceau de viande. Henriette découpe en fines tranches le pain à la mie noire que Matthias a rapporté, sur lesquelles elle étale avec parcimonie la précieuse margarine.

Blanche parle de madame Durieux, qui n'a pas dû dérouler ses bigoudis depuis le début de la guerre de peur qu'on les lui vole. Jacques raconte quelques anecdotes de son enfance, qu'Henriette complète de temps en temps.

– Je te dis que tu n'as jamais eu la varicelle! Je le sais, je suis ta mère, tout de même, et j'ai une très bonne mémoire.

– Et c'était quoi alors, tous ces boutons partout sur la figure et sur le corps qui me faisaient ressembler à une vieille pomme de terre ?

Tout le monde éclate de rire. Matthias est heureux de voir ses parents et sa grand-mère détendus, cela devient si rare. Pour faire durer encore un peu plus le plaisir, il se lève et va mettre un disque. Quelques grésillements, puis la voix si familière de Maurice Chevalier arrive. Il court jusqu'au portemanteau dans l'entrée, pose sur sa tête le chapeau de Jacques et va crânement inviter sa grand-mère à danser. Henriette résiste un peu, et finalement prend la main que son petit-fils lui tend.

– Tu m'écrases les pieds, fait-elle en souriant.

– Non, je valse, nuance, dit Matthias en prenant un air de grand garçon.

– Ça ne serait pas plutôt en java qu'il faudrait danser ça ? lance Jacques en riant.

– C'est mon Pierrot qui savait valser, dit Henriette en pensant à son mari. On allait tous les soirs au bal. Fallait le voir, toujours très élégant, droit comme un « i », il tournait, il glissait, il tournait, on aurait dit que j'avais des ailes, avec lui.

Assise au bout de la table, Blanche fredonne les paroles de la chanson :

Paris sera toujours Paris !
La plus belle ville du monde,
Malgré l'obscurité profonde
Son éclat ne peut être assombri.

Chacun profite de cet instant de bonheur simple et éphémère…

Couvrant soudain la voix du chanteur, des clameurs parviennent de la rue, bientôt suivies par des cris et des ordres lancés en allemand.

Jacques éteint la lumière, se précipite à la fenêtre et entrouvre les volets. Blanche arrête le disque. Une voiture, phares allumés, stationne en plein milieu de la route les quatre portières ouvertes. La Gestapo. Les Allemands courent après un homme.

CAFE

Les bottes claquent sur le pavé. « Halte! Halte! » Un coup de feu part, puis un autre. L'homme trébuche, blessé à l'épaule, il s'écroule. La douleur lui arrache une grimace. Les hommes en noir s'emparent de lui sans ménagement, puis reviennent vers leur véhicule. Il se débat encore et tente une nouvelle fois de leur échapper. Un coup de crosse sur la nuque l'en dissuade aussitôt. Aux fenêtres de l'immeuble d'en face, on devine des silhouettes. Chacun regarde sans être vu par peur des représailles. En passant sous celles des Morel, l'homme lève la tête. Jacques recule d'un bond. « Quel imbécile! » pense-t-il.

– Qu'est-ce qu'il se passe, papa? demande Matthias.

– Ils ont arrêté un homme.

– Pourquoi?

– Je ne sais pas.

– Tu le connais?

– … Non. Je ne l'ai jamais vu. Et puis arrête un peu avec tes questions, fait Jacques, agacé.

Matthias a perçu l'hésitation de son père lorsqu'il a répondu qu'il ne le connaissait pas et aussi le léger tremblement de sa main. Blanche fixe son mari. Il détourne le regard.

Les portières claquent. La voiture démarre en trombe.

Personne ne parle. On entend juste le bruit des couverts dans les assiettes. L'atmosphère si joyeuse et légère est subitement devenue glaciale. Au bout d'un moment, c'est Matthias qui rompt le silence.

– Je pourrais venir avec vous au journal, demain ? demande-t-il en mordant dans son pain.

Blanche et Jacques se regardent, très embêtés.

– Ce n'est pas possible, fiston, répond Jacques en essayant de dissimuler sa nervosité. Tu sais, en ce moment, c'est très difficile… et nous avons beaucoup de travail. Une autre fois, tu veux bien ?

Matthias baisse la tête. Sa mère se rapproche de lui et le serre très fort contre elle. Il l'enlace aussi.

– Allez, ouste, au lit ! dit-elle en l'entraînant dans la chambre.

– Déjà ? se plaint Matthias.

– Oui, déjà. Et on ne discute pas, mauvaise troupe !

Jacques aide Henriette à débarrasser la table. Il est très contrarié. De temps en temps, il retourne à la fenêtre, regarde à droite, à gauche.

– Il faut être très prudent, dit seulement Henriette.

– Je sais, je sais, murmure Jacques.

Blanche tire un peu plus la couverture sur les épaules de son fils, lui caresse la tête et l'embrasse sur le front.

– Dis, maman, c'est vrai que les juifs sont responsables de tous les malheurs ?

– Qu'est-ce que tu racontes ? Bien sûr que non ! Ce ne sont que des mensonges.

– Pourquoi ils disent ça, alors, les Allemands ? Et même les Français, tu sais ! Je les entends quand je fais la queue à l'épicerie.

– Ne les écoute pas. Il n'y a que de la haine et de la méchanceté dans ces propos. Maintenant il faut dormir. Essaie de faire de beaux rêves…

Blanche sort de la chambre en fermant la porte. Dans la salle à manger, Jacques est assis sur une chaise, les coudes posés sur la table, la tête entre les mains. Henriette est allée se coucher. Blanche vient s'asseoir près de son mari.

– C'était qui ? demande-t-elle.

– Jean.

Blanche porte la main à sa bouche pour retenir un cri.

– Pourvu que…

– Il ne dira rien ! l'interrompt Jacques un peu brutalement, plus peut-être pour s'en convaincre lui-même.

– Tu crois qu'il venait chez nous ?

– Sûrement. Il ne connaît personne dans le quartier.

Ils se taisent un moment.

– Que va-t-on faire ? Il faut revoir tout

notre plan. Il faut prévenir les autres, dit Blanche.

– On verra demain. J'essaierai de savoir où ils l'ont emmené.

Les rêves de Matthias n'ont rien de merveilleux. À peine s'est-il endormi que des images l'assaillent. Il voit toute la famille de Simon embarquée dans un camion allemand avec d'autres personnes serrées les unes contre les autres. C'est monsieur Dufrais, l'épicier, qui conduit. Il est joyeux, il sifflote *Paris sera toujours Paris* et, de temps en temps, grignote la ribambelle de petites saucisses qu'il a enroulées autour de son cou comme une écharpe.

Simon court derrière le camion, son violon à la main. Il veut monter, lui aussi, il veut partir avec eux, mais il ne parvient pas à les rattraper. Sa mère lui dit au revoir d'un signe de la main. Nathan lui crie quelque chose. Simon s'arrête de courir et se met à jouer du violon. La musique est magnifique. Anna, la petite sœur, sourit et crie « Bravo, bravo ! » en applaudissant. Le camion s'éloigne. Simon est seul au milieu de la route.

Chapitre 4

Jacques relève le col de sa veste. Il ne s'est pas rasé ce matin. « Il n'a pas dû dormir beaucoup », pense Matthias en voyant le visage aux traits tirés de son père. Blanche lui tend un bol de chicorée. Il en boit une gorgée et le repose sur la table.

– Il faut y aller, dit-il d'une voix éraillée par la fatigue.

Blanche serre son fils contre elle.

– Sois sage.

Jacques embrasse Henriette et Matthias. Puis ils s'en vont. Par la fenêtre, le garçon les regarde enfourcher leurs vélos. Un petit signe de la main et les voilà partis.

Depuis plusieurs mois, Matthias se pose des questions à leur sujet. Il les trouve un peu mystérieux. Chaque fois qu'il les surprend en pleine conversation, ses parents changent de sujet. La semaine dernière, il a vu sa mère cacher quelque chose sous une latte du plancher, mais quand il a voulu y jeter un œil, il n'y avait plus rien. Une autre fois, il a cru les entendre parler de tracts à tirer très vite sur la ronéo du Phoenix. « Bizarre, ce nom », a-t-il pensé. Mais lorsqu'il pose des questions à sa grand-mère, celle-ci lui répond invariablement que ce ne sont pas ses affaires et qu'il est bien trop curieux.

Curieux est le mot juste. Pour les avoir accompagnés quelquefois au journal avant la guerre, Matthias se souvient parfaitement du chemin. C'est vrai qu'à pied ça fait une trotte, mais il ne peut se payer le luxe de prendre l'autobus et encore moins le métro ; quant à sa bicyclette, elle doit faire la joie de celui qui la lui a volée… Tant pis. Il veut en avoir le cœur net.

Arrivé rue La Fayette, il cherche l'enseigne du journal. Bizarre, il ne la trouve pas… Il est pourtant sûr de l'endroit. Le square à gauche, la petite place… Il revient plusieurs fois sur ses pas. Se serait-il trompé ? Non, c'est bien là. Il se souvient du café, *Le P'tit Matin*, juste en bas, où son père l'emmenait parfois boire une limonade.

Il entre. Les tables sont vides. Seulement deux hommes sont accoudés au comptoir devant un verre de vin.

– Dis donc, t'es pas un peu jeune pour traîner dans les bars, toi ? fait le patron en posant un torchon mouillé sur son épaule.

– Je ne traîne pas, je voulais juste un renseignement, se défend Matthias.

– C'est quoi, ta question ?

– Il y avait bien un journal, ici, avant ? Enfin, je veux dire juste à côté.

– *Paris-Matin* ?

– Oui, c'est ça! jubile Matthias qui avait oublié le nom.

Les deux hommes du comptoir se retournent.

– Ben, réveille-toi, mon p'tit gars, ça fait bien six mois qu'il n'existe plus, ton canard. Pas vrai, Jeannot ? fait-il à l'attention de son voisin.

– Ouais, c'est à peu près ça.

Matthias accuse le coup. Six mois ! Mais alors… Soudain, le patron fait le tour du comptoir, se rapproche de Matthias et le regarde attentivement.

– Tu me rappelles quelqu'un, toi…

Matthias est très mal à l'aise. Il ne faut pas qu'il dise son nom, sinon ses parents seront vite mis au courant de sa petite enquête, ce qu'ils n'apprécieraient sûrement pas.

– Euh… je peux aller aux WC ? demande-t-il en se tortillant.

– Ouais, c'est au fond de la cour. J'te préviens, y a pas de papier. Tu te débrouilles.

Ouf ! Matthias a échappé aux questions du patron. Maintenant, il ne lui reste plus qu'à trouver une sortie. Il se rapproche du muret pour l'escalader, lorsqu'il aperçoit un soupirail. En y collant l'oreille, il reconnaît la voix du patron qui poursuit la conversation que Matthias a suscitée.

– C'était le bon temps, ce canard, hein Jeannot ? fait-il en remplissant les verres.

– Comme tu dis. Mais les Boches n'aimaient pas trop ce qui se disait là-dedans.

– Tu te souviens c'te pagaille quand ils ont foutu tout le monde dehors, poursuit le patron en essuyant des verres. Y avait même des femmes qui pleuraient en disant qu'elles ne pourraient plus nourrir leur famille. Elles me faisaient peine, franchement. Mais ça, tu penses bien que c'est le dernier de leurs soucis. Résultat, moi, j'ai plus de clients.

– Te plains pas. Des clients, il t'en reste. Tandis que nous, on est au chômage, maintenant, poursuit Jeannot. Et on n'est pas les seuls. C'est qu'ils en ont mis, des gens, sur la paille, ces… ces…

– T'as des nouvelles des autres ?

– Pas trop.

– Y a des gars qui reviennent de temps en temps et qui racontent. Je sais que quelques-uns ont rejoint la Résistance, fidèles à leurs idées. Et ça, moi, je dis chapeau ! lance le patron en faisant tourbillonner la serviette humide au-dessus de sa tête. Y en a qu'ont retrouvé du boulot ailleurs. Mais bon, faut avoir envie de travailler pour les Boches…

– Comme tu dis, enchaîne Jeannot. J'ai appris qu'y en a plusieurs qui se sont fait embaucher à *Je suis partout*… Et pour ceux-là, c'est pas glorieux. Faut vraiment pas avoir de conscience, j'te le dis, moi.

– Ouais, plutôt crever que de bosser dans ce journal de collabos, fait l'autre homme qui n'avait rien dit depuis le début.

Matthias est un peu sonné. Il ne sait plus que penser. Résistants ou collabos ? Résistants ou collabos ? Il se répète ces mots en boucle.

– Eh, au fait, l'gamin ? Il est tombé dans le trou ou quoi ?

– J'vais jeter un œil, dit Jeannot en vidant son verre d'un trait.

Matthias sursaute. Il essaie d'escalader le muret mais il n'est pas assez grand pour atteindre le haut. Vite, il faut trouver une issue. Il tourne plusieurs fois sur lui-même. Rien. Si, la poubelle ! Il la retourne, répandant son contenu nauséabond sur le sol, grimpe dessus et saute le mur d'un bond. Il était temps. De l'autre côté, il entend Jeannot pester.

Après avoir couru pendant un bon moment, il reprend son souffle. Mille questions se bousculent dans sa tête. Où vont ses parents lorsqu'ils partent le matin de si bonne heure ? Que font-ils toute la journée ? Pourquoi tous ces mensonges ? Ces soi-disant articles à écrire. « Pourvu qu'ils ne soient pas du côté des Allemands », pense-t-il la gorge serrée. Il faut en parler à Simon. Lui saura sûrement l'éclairer. C'est un garçon si calme, si réfléchi.

Chapitre 5

Dans son atelier, Nathan s'applique à vernir le violon de son fils. Un rayon de soleil répand une jolie lumière ocre dans la pièce. Tout est très bien rangé. Trop bien rangé, d'ailleurs… Le sol a été balayé. C'est étrange. Jamais l'atelier n'a été aussi net.

– Simon a raison, c'est le plus beau violon de tous les temps, fait Matthias en entrant.

Nathan sourit.

– Il n'a pas pu garder sa langue, celui-là ! plaisante-t-il.

– Il en est tellement fier, ajoute Matthias.

– Je sais, je sais. Moi aussi je suis fier

de mon fils. C'est un bon garçon. Et il a de la chance d'avoir un ami comme toi.

Matthias rougit du compliment.

– Tous les autres ont disparu, poursuit Nathan, pffft, envolés! Comme si nous avions une maladie contagieuse. Simon est triste à cause de cela, mais tu le connais, il ne dit rien. Il garde tout pour lui.

Matthias ne sait quoi dire. Il a lui aussi constaté que tous les autres copains de Simon n'ont plus donné signe de vie depuis que les juifs sont montrés du doigt.

– Ça sent bon, dit-il au bout d'un moment en approchant le nez de l'instrument.

– J'utilise un vernis à base d'essences naturelles, comme cela se faisait au XIXe siècle. Mais je crois bien que ce sera le dernier à en bénéficier, ajoute-t-il en raclant de son pinceau le fond de la boîte.

– C'est un beau métier, luthier…

– J'ai appris auprès de mon père. J'ai eu la chance de faire ce dont j'ai toujours rêvé, mais pour combien de temps encore…

dit-il en poussant un long soupir.

Matthias regarde autour de lui en faisant une moue qui n'échappe pas à Nathan. Le garçon a remarqué le changement dans l'atelier, mais Nathan n'a pas envie de se lancer dans de longues explications à ce sujet. Le temps presse, il doit absolument finir le violon de Simon.

– Et toi, de quel métier rêves-tu ? dit-il pour couper court aux questions que Matthias n'allait pas manquer de lui poser.

Le garçon faillit répondre « journaliste », comme ses parents. C'est vrai qu'il aurait aimé travailler dans la presse, voyager, écrire. Mais il n'est plus très sûr maintenant de vouloir suivre leurs pas.

– Je ne sais pas encore.

– Tu as tout le temps d'y réfléchir, le rassure Nathan. Allez, va voir ton copain. Ta visite lui fera le plus grand bien.

Matthias gravit le petit escalier qui mène à l'appartement. C'est Anna, la petite sœur de Simon qui vient lui ouvrir.

Elle lui saute dans les bras. Simon apparaît aussitôt.

– Salut! fait-il en serrant la main de son ami. Tu étais dans le coin?

Matthias est un peu mal à l'aise, c'est étrange, lui qui d'habitude est comme chez lui ici, il sent qu'il y règne une drôle d'atmosphère.

– Les hommes-qui-crient, ils sont venus chez nous, lance Anna.

– Qui ça? demande Matthias.

– Les Allemands, précise Simon. La police française était avec eux. Ils ont obligé mon père à leur montrer tout ce qu'il possédait de plus précieux dans son atelier. Ils ont fouillé partout. Il a été contraint de céder trois violons et deux violoncelles. Heureusement qu'un ancien client est venu l'avertir quelques minutes avant leur arrivée, il a pu cacher mon violon et balayer les copeaux de bois, sinon ils se seraient doutés de quelque chose.

– Mais de quel droit? s'insurge Matthias.

– Ils ont tous les droits, répond Simon, dépité.

– Ils ont pris aussi des livres de papi et ils ont mal parlé le français, j'ai rien compris. Moi, j'ai mis ma poupée sous le lit, comme ça ils pouvaient pas la prendre. Ils ont donné une grosse enveloppe à maman, ajoute-t-elle très vite.

– Ça suffit, Anna, laisse Matthias tranquille, intervient Alice, la mère de Simon. Je t'aurais bien offert un goûter mais…

– Je n'ai pas faim, merci, se dépêche-t-il de dire, sentant la gêne rougir le visage si doux de cette femme.

C'est vrai qu'il n'y a pas si longtemps, il y avait toujours sur le buffet, près du grand chandelier à sept branches, des fruits, des gâteaux, des petits pains, « faits maison », comme elle disait.

Simon entraîne son ami dans sa chambre, mais en passant devant celle des parents, Matthias remarque des valises posées sur le lit.

– Vous allez partir ?

– C'est mon grand-père qui veut que tout soit près, au cas où…

– Au cas où quoi ? demande Matthias.

– Il est persuadé qu'on va emmener tous les juifs hors de France, dit Simon tout bas. Anna croit qu'on va partir en vacances.

Dans la chambre de Simon, sur le petit bureau en bois, des partitions sont entassées.

Matthias n'a plus envie de parler à son ami de ses parents, de ses doutes et de ses craintes. Il veut juste être bien un moment avec lui. C'est tout.

– Tu peux me jouer quelque chose ? demande Matthias.

Simon ne se fait pas prier. Il sort de son étui un violon en bois très foncé, puis fouille fébrilement dans ses partitions.

– Bach, Beethoven, Brahms ?

– Ce que tu veux.

Simon hésite. Trois compositeurs allemands… « Les hommes sont capables du meilleur comme du pire », se dit-il. Finalement, il choisit des *Préludes* de Bach qu'il place sur son pupitre.

Il accorde son instrument, puis s'ensuit un court silence, enfin l'archet glisse sur les cordes. La musique emplit aussitôt la petite chambre. Matthias s'étend sur le lit et ferme les yeux. Un bien-être l'envahit tout entier. Il voudrait que la musique efface tout, la guerre, la peur, la misère… Il voudrait juste que tout soit comme avant.

Personne n'a remarqué Anna debout toute raide dans l'encadrement de la porte. Elle pleure.

– Qu'est-ce qu'il y a ? demande Simon au bout de quelques minutes.

Il s'accroupit pour être à sa hauteur.

– Pourquoi tu pleures ?

– Je sais pas.

– Comment ça, tu ne sais pas ?

– C'est la musique que tu trouves trop triste ? demande Matthias.

– Non, c'est pas la musique. Je pleure

parce que maman, elle pleure, c'est tout. Mais je sais pas pourquoi.

Simon et Matthias retournent dans la salle à manger.

– C'est rien, c'est rien, les enfants. Juste un peu de fatigue, fait Alice en essuyant ses larmes et en essayant de dissimuler quelque chose.

Simon s'approche d'elle, lui prend délicatement la main et lui ouvre un à un les doigts. Un bout de tissu tombe sur le parquet. Simon le ramasse, le retourne et le pose sur la table. C'est une étoile jaune avec écrit en lettres noires à l'intérieur le mot JUIF.

– Je dois les coudre sur tous nos vêtements.

– Pas sur les miens ! crie Simon.

– Ils ont dit que c'était obligatoire et que…

– Je ne veux pas être différent des autres. Je ne veux pas !

Intrigué par les cris de son petit-fils, Joseph entre dans la pièce. Il voit l'étoile jaune sur la table.

– Simon, va chercher ton père. Il faut partir. Maintenant.

Chapitre 6

Matthias rentre chez lui le cœur gros. Tout est si triste ; les gens, la ville occupée avec tous ces insignes nazis sur les grands monuments, les immeubles noircis par la terre et la poussière. Il n'y a plus de fleurs aux balcons. Comme si tout était en noir et blanc. Comme si les couleurs s'en étaient allées…

– Hé !

– …

– Hé, ho !

Matthias se retourne. C'est bien à lui que l'on s'adresse. Sous une porte cochère, un gamin, casquette enfoncée sur le crâne, lui fait des signes. Matthias s'approche.

– Des œufs, ça t'intéresse ?

– Des œufs !

– Tu sais ce que c'est ou tu veux que j'te fasse un dessin ?

– Tu t'appelles comment ? demande Matthias.

– T'es de la police ou quoi ?

– Non, mais j'aime bien savoir.

– Lucie.

Matthias écarquille les yeux. Lucie relève sa casquette. C'est bien une fille !

– Tout le monde m'appelle Lulu.

– Moi, c'est Matthias.

– Alors, les œufs ?

– J'ai pas d'argent.

– T'as quoi ?

Matthias fouille ses poches.

– Euh… ben rien. Ah si, j'ai cinq billes bleues et un calot.

– C'est toi qu'as l'air d'une bille… J'ai passé l'âge, mon gars. T'es juif ? ajoute-t-elle de but en blanc.

– … Non…, fait Matthias un peu décontenancé par la question. Pourquoi tu me demandes ça ?

– Parce que t'as l'air perdu, tu rases les murs comme eux et tu marches en regardant tes chaussures pour ne croiser le regard de personne.

Soudain, ils entendent un bruit de bottes qui claquent sur le pavé. Au bout de la rue, une dizaine de soldats en rangs serrés avancent au même rythme.

– Les Fritz ! Faut que j'me tire. S'ils m'attrapent avec tout ça sur moi, j'suis cuite, fait Lulu en ouvrant ses poches aussi profondes qu'une oubliette.

Matthias y voit non seulement des œufs, mais aussi du saucisson, du savon et même du café. Une vraie épicerie, cette Lulu.

– Si tu changes d'avis, tu me trouveras aux Buttes ; c'est mon fief, là-bas.

– Où ça ?

– Aux Buttes-Chaumont ! Faut te mettre au parfum, mon vieux, fait-elle en commençant à courir.

– Il est grand, ce parc ! dit Matthias.

Tu vis où exactement ?

– T'auras qu'à chercher la grotte, fait Lulu sans se retourner. Salut !

Matthias rentre chez lui en repensant à cette fille si délurée. Il envie sa liberté et son apparente désinvolture. Est-ce qu'elle vit vraiment dans une grotte ?

Arrivé au quatrième étage, alors qu'il s'apprête à ouvrir la porte, il tend l'oreille. Il entend plusieurs voix, mais ne parvient pas à discerner ce qui se dit. Tout doucement il tourne la clef dans la serrure et entrouvre la porte. Il voit sa mère, son père et deux autres hommes penchés sur une carte de France étalée sur la table. Matthias perçoit seulement quelques bribes de phrases : « Informer le réseau… sabotage… trop dangereux, voies ferrées… »

Soudain, tous les quatre se retournent en sursautant. Matthias vient de faire tomber les clefs.

– Mon chéri ! dit sa mère un peu trop fort. On ne t'a pas entendu frapper.

– J'ai pris les clefs de grand-mère pour ne pas la déranger tout le temps.

En un clin d'œil, la carte a disparu et les deux inconnus affichent un sourire forcé. Jacques explique que ce sont des collègues journalistes venus discuter d'un nouvel article. Matthias les salue, n'en croit pas un mot, et file voir sa grand-mère à la cuisine. Henriette prépare le frugal dîner. Quelques pommes de terre, des blettes, un minuscule bout de viande et des oignons « pour le goût », comme elle dit. Il y a une telle complicité entre son petit-fils et elle qu'elle devine les questions qui se bousculent dans sa tête. Mais Henriette n'est pas très bavarde. Elle le regarde et se contente de lever les yeux au ciel.

La porte claque. Les inconnus sont partis. Jacques vient voir son fils.

– Comment s'est passée ta journée? lance-t-il d'un ton qu'il voudrait détaché.

– J'étais chez Simon. Je me fais du souci pour lui et sa famille. Monsieur Lipmann n'a plus de clients. Comment ils

vont faire pour manger et s'habiller ?

Blanche les rejoint et empile des assiettes pour mettre le couvert.

– Écoute, Matthias, dit Jacques, je sais que ça va être difficile pour toi, mais il ne faut plus que tu ailles voir Simon.

– Quoi ! Mais… mais pourquoi ? fait le garçon les larmes au bord des yeux.

– Ça devient trop dangereux. Tu sais bien qu'ils sont surveillés. Je ne voudrais pas qu'on rapporte aux Allemands et à la police française que tu traînes avec… avec…

– Un juif! crie Matthias hors de lui. Alors toi aussi, tu es antisémite, toi aussi tu voudrais qu'ils partent !

– Calme-toi, calme-toi, intervient sa mère en tendant la main vers lui.

Matthias la repousse d'un geste brusque. C'est la première fois qu'il se comporte comme ça avec ses parents. Mais c'est plus fort que lui, il sait que c'est le moment ou jamais de dire tout ce qu'il a sur le cœur.

– Vous êtes quoi, au juste, collabos ou

résistants ? Vous allez dénoncer Simon et sa famille ?

– Matthias ! crie sa mère en reposant si fortement les assiettes que l'une d'entre elles se brise.

– Qu'est-ce qu'il te prend de nous dire des choses pareilles ? dit Jacques d'un ton sévère.

Mais Matthias est si remonté qu'il ne répond pas à son père et continue sur sa lancée.

– Vous croyez que je ne vois rien, que je n'entends rien ? J'ai bien réfléchi, je ne pense pas que vous soyez du côté des Allemands, sinon vous n'auriez pas fait cette tête quand ils ont arrêté cet homme en bas de la maison. Je sais que vous êtes des résistants. C'est pas dangereux, ça ? C'est pas plus dangereux que de fréquenter des juifs ? Est-ce que je ne cours pas plus de risques d'être le fils de parents qui vont faire sauter des voies ferrées et qui fabriquent des faux papiers ? Je connais toutes les cachettes dans la maison. Je ne sais pas ce que vous dissimulez au juste mais je sais où. Sous l'armoire de la chambre de grand-mère, dans le plancher, la quatrième latte en partant de la fenêtre de la salle à manger, dans le poêle et même dans mon coffre à jouets de quand j'étais petit ! Et puis je me suis renseigné. Je sais que ça fait des mois que vous ne travaillez plus au journal. Vous mentez, vous mentez ! crie Matthias en courant se réfugier dans sa chambre.

Jacques et Blanche ne savent plus quoi dire. Ils sont anéantis par les paroles de leur fils. Ils ne s'attendaient pas à une telle déclaration. Ils avaient pourtant pris toutes leurs précautions, ils pensaient avoir été très discrets…

Effondré sur son lit, le visage contre l'oreiller, Matthias pleure à chaudes larmes. Henriette entre et vient s'asseoir près de lui. Elle lui caresse tout doucement les cheveux, sans rien dire. Avec son mouchoir, elle essuie ses larmes. Matthias renifle et dit dans un hoquet : « C'est mon meilleur ami, c'est mon meilleur ami... »

La porte de sa chambre s'ouvre. Jacques et Blanche regardent leur fils. Matthias se mouche. Henriette les laisse seuls. Ils ont beaucoup de choses à se dire. Blanche vient près de son fils, l'enlace.

– Je t'aime, je t'aime si fort, mon petit garçon.

– C'est vrai, nous t'avons menti, avoue Jacques, mais c'était pour vous préserver, toi et ta grand-mère. Quand ils ont interdit la parution du journal, avec d'autres collègues, nous avons décidé de nous battre, de ne pas nous soumettre à l'oppression qu'ils nous imposent. On ne pouvait pas rester comme ça à les regarder se pavaner, à raconter n'importe quoi dans leur torchon qu'ils distribuent dans toute la ville. Alors nous avons créé un journal clandestin qui rétablit la vérité, qui réveille l'opinion publique en l'informant du déroulement de la guerre. Nous écrivons tôt le matin, puis nous imprimons tout de suite.

Matthias écoute attentivement. C'est

la première fois que ses parents lui parlent vraiment, comme à un adulte.

– Tout s'est passé très vite ensuite, poursuit Blanche, nous avons été contactés par un réseau de résistance qui avait besoin de gens comme nous.

– Vous avez tué des Allemands ? demande Matthias.

– Non. Il y a deux sortes de résistants, continue Jacques, ceux qui fournissent des renseignements aux réseaux et s'occupent de logistique et ceux qui combattent directement l'ennemi. Nous aidons à organiser les sabotages et les attentats, mais nous n'allons pas sur le terrain.

– La voie ferrée, hier, c'était vous ?

Jacques et Blanche se lancent un regard interrogateur. Doivent-ils tout dire ? De toute façon, leur fils en sait déjà beaucoup, à quoi bon nier.

– Oui. Les trains qui devaient arriver à Paris étaient chargés de ravitailler les Allemands en armes et en munitions.

Les yeux de Matthias s'ouvrent d'admiration. Ses parents sont des héros, pense-t-il, le cœur gonflé de fierté.

– Écoute, Matthias, reprend Jacques en fixant son fils intensément, tout ce que nous venons de te raconter est extrêmement grave et important. Ce n'est pas un jeu. Il en va de notre vie à tous. Ne répète jamais ce que nous venons de te révéler. Tu comprends ?

– Jamais, à personne ! insiste Blanche.

– Je sais tenir ma langue ! répond fermement Matthias.

Chapitre 7

Les Morel sont partis quelques jours à la campagne. Ils devaient se mettre au vert, comme on dit. C'est René, un ami de Jacques, qui leur a prêté la maison, une petite bâtisse aux murs couverts de lierre et aux volets bleus. Là-bas, Matthias a retrouvé une certaine joie de vivre. Les longues balades à vélo avec ses parents, les promenades avec Henriette, les baignades dans le lac. Comme si la guerre était ailleurs, loin…

Matthias appréhende le retour. Il est si bien ici. La seule chose qui le motive c'est de retrouver son ami Simon pour lui raconter ses vacances.

À peine arrivé à Paris, il déballe ses affaires et ouvre l'herbier qu'il a confectionné et dont il est très fier. « Dès demain, j'irai le montrer à Simon », se dit-il en le posant sur sa table de nuit avant de s'endormir.

La lune répand sa douce clarté dans les rues désertes. La nuit est calme. Trop calme. Soudain, les sirènes poussent leurs longs cris stridents, annonçant le passage des bombardiers au-dessus de Paris.

Blanche aide Matthias à enfiler son pantalon. Il a encore les yeux fermés par le sommeil.

– Dépêchez-vous ! dit Jacques. Je descends avec Henriette.

Dans l'escalier, une horde dévale les marches. Il faut faire vite, ne pas réfléchir, avancer. Des femmes portent leur bébé emmitouflé, tandis que les plus grands s'accrochent à leurs jupes.

Dans la cave sombre et humide, aux murs couverts de poussière de charbon, se déverse une marée humaine. Matthias et

Blanche cherchent Henriette et Jacques en enjambant ceux qui ont déjà trouvé une place. Des enfants pleurent, la peur et le sommeil, sans doute. Les parents tentent de les rassurer du mieux qu'ils peuvent.

« Matthias, par ici ! » Le jeune garçon se retourne. C'est Henriette. Tant bien que mal, avec sa mère, ils réussissent à s'asseoir près d'eux.

Les visages sont livides. Les sirènes n'ont pas cessé, mais maintenant le silence s'impose. Plus un mot, chacun se blottit contre l'épaule de l'autre, même si c'est un parfait inconnu. Quelques-uns parviennent à s'endormir.

Ainsi en était-il des alertes, le jour et parfois plusieurs fois par nuit, répandant dans les abris une horde de Parisiens apeurés et lassés.

– Je suis sûr qu'un jour, il y en aura une qui finira par nous tomber sur le coin de la figure, j'vous l'dis, moi ! fait un homme en pyjama.

– Hé ! Gardez vos prophéties à deux

sous pour vous, s'énerve une dame qui ne cesse de triturer l'ourlet de sa robe.

Matthias a posé la tête sur les genoux de sa mère. Il repense aux vacances, à ces douces heures où le soir il regardait le soleil rouge plonger dans le lac…

Blanche tressaute, sortant Matthias de sa rêverie. « Elle doit pleurer, elle en a assez de tout ça, elle voudrait que tout s'arrête », se dit-il en se redressant pour la consoler. La main devant la bouche, elle retient un… un… grand éclat de rire qui explose d'un coup. Tous les regards se tournent vers elle. Elle rit tant et si bien que d'autres l'imitent sans savoir pourquoi.

– Arrête, voyons ! dit Jacques un peu gêné.

– Je… je ne peux pas… fait Blanche en riant de plus belle.

– C'est les nerfs, faut que ça lâche, diagnostique une femme qui n'a pourtant rien d'un médecin.

Blanche reprend son souffle en

essuyant les larmes de rire sur ses joues.

– Tu peux m'expliquer ? chuchote Jacques à l'oreille de sa femme.

Blanche lève les yeux et pointe son doigt vers le fond de la cave. Aussitôt le fou rire revient. Face à elle, madame Durieux, un bigoudi tombant sur son nez, la bouche ouverte, saucissonnée dans son peignoir en nylon rose, assise sur son siège pliant, qu'elle n'oublie jamais de prendre avant de descendre, dort à poings fermés en émettant de petits ronflements.

– C'est une vision apocalyptique de la femme ! dit Blanche en se mordant la lèvre pour ne pas repartir.

Fin de l'alerte. La cohorte remonte les étages. Chacun va terminer sa nuit en espérant ne plus entendre les sirènes.

Le lendemain après-midi, son herbier sous le bras, Matthias arpente la rue de Rome en pensant à la tête de Simon quand il verra les plantes et leur nom latin indiqué sous chacune d'elles.

Mais quelque chose cloche. La plupart des magasins sont fermés, les volets clos… Matthias colle son nez à la vitrine de l'atelier. Tout est éteint à l'intérieur. Bizarre. Il tente d'ouvrir la porte, mais celle-ci est fermée à clef. Soudain, il voit passer une ombre au fond de l'atelier. Il frappe, il carillonne, rien. Personne ne répond. Pourtant…

– Te fatigue pas, gamin. Ils sont tous partis.

Matthias se retourne et reconnaît monsieur Lejeune de la boutique d'en face.

– Monsieur Lipmann l'avait dit, mais je ne pensais pas qu'ils s'en iraient si vite. Puis il ajoute plus bas, un peu triste : Simon ne m'a même pas dit au revoir…

– Ils n'ont pas vraiment eu le choix.

– Comment ça ?

– La police française les a réunis ici, au milieu de la rue, puis ils les ont fait monter dans des autobus réquisitionnés pour les transporter.

– Quoi ! Mais où les ont-ils emmenés ?

demande encore Matthias avec une boule d'angoisse dans la gorge.

– J'ai entendu dire qu'ils étaient au Vélodrome d'Hiver, en attendant d'être envoyés dans des camps de travail.

– Des camps de travail ! Mais c'est impossible, Joseph, le grand-père de Simon, est trop vieux et Anna est trop petite, crie Matthias qui n'en croit pas ses oreilles. On n'a jamais vu une petite fille de cinq ans casser des cailloux. Et sa mère… C'est absurde.

Monsieur Lejeune hoche la tête en signe d'approbation. Il comprend le désarroi du garçon, pose une main sur son épaule. Matthias regarde à nouveau l'atelier à travers la vitre.

– Et Simon ? Vous l'avez vu partir ?

– Il y avait tellement de monde… ils n'ont épargné personne, tu sais.

– Pourtant j'ai cru voir quelque chose bouger, là-bas, dit-il en collant à nouveau le nez à la vitre.

– Des pillards, sans doute. Il y en a

même qui se sont déjà installés dans les appartements vides.

Matthias ne sait plus que penser. Il s'en veut. Pendant qu'il était en vacances à la campagne, son ami était emmené loin d'ici…

– Je les aimais bien, moi, les Lipmann. Alice avait toujours un mot gentil. Nathan va me manquer. Il était de si bon conseil…

– Pourquoi parlez-vous d'eux au passé ? Ils vont revenir. J'en suis sûr moi ! s'énerve Matthias.

– Saleté de guerre, saleté de guerre… répète seulement monsieur Lejeune en regagnant son magasin.

Matthias n'arrive pas à s'en aller. Il veut absolument entrer dans l'atelier. Il se souvient alors du passage secret dont lui a parlé Simon, qui sortait de temps en temps par là pour ne pas passer par l'atelier de son père.

Le vasistas est entrouvert. Il coince son herbier dans la ceinture de son pantalon, puis se hisse jusqu'à l'ouverture. En poussant un peu, il parvient à l'ouvrir davantage. Le tout étant de ne pas se casser un bras à l'atterrissage. Encore un effort et c'est bon, le voilà dans un placard à balai. En prenant mille précautions pour ne pas être vu de l'extérieur, il entre dans l'atelier puis prend l'escalier qui monte à l'appartement. Tout est silencieux. Dans la chambre des parents, il y a encore deux valises ouvertes avec des vêtements dedans. Dans celle d'Anna, des jouets sont éparpillés comme si elle avait dû faire un choix. Dans celle de Simon, rien n'a bougé. Ses partitions, son pupitre, ses livres…

Matthias s'assoit sur le bord du lit. Les larmes lui viennent. Que vont-ils faire d'eux ? Pourquoi seulement les juifs ? Quel genre de travail les attend ? D'un revers de la main, il essuie ses joues.

Très lentement, il redescend dans l'atelier. Il voudrait lever la tête et voir Nathan penché sur son établi. Il voudrait l'entendre encore lui raconter son métier…

Tous les instruments ont disparu. Même les outils que Nathan tenait de son père…

Matthias retient son souffle. Il vient d'entendre un bruit. Il n'ose pas se retourner. Sa tête pivote doucement. Personne. Pourtant il est sûr…

Atchoum ! Le plancher vient d'éternuer. Matthias se baisse, regarde le sol, rien. Il a dû rêver. Atchoum ! Cette fois, il se faufile sous l'établi. Une trappe. Il l'ouvre lentement et parvient à distinguer quelques instruments et un énorme étui de contrebasse. À pas de loup, il s'approche, quand tout à coup l'étui s'ouvre. De peur, Matthias fait un bond en arrière et se retrouve les fesses par terre. Simon !

Chapitre 8

Après cette minute d'étonnement, les deux garçons tombent dans les bras l'un de l'autre.

– Tu m'as fichu une de ces trouilles ! fait Matthias en se frottant la fesse.

– Toi aussi, je croyais que c'était la police, dit Simon en éternuant encore. Pfff ! Il y a tellement de poussière dans ce cagibi.

Matthias regarde son ami. Il a maigri, il est pâle et a l'air épuisé.

– Personne ne t'a vu entrer ? s'inquiète soudain Simon.

– Non, j'ai fait le tour par derrière. Raconte-moi, que s'est-il passé ?

Simon pousse un long soupir. Il revoit toute la scène.

– Ce jour-là, j'étais sorti. J'en avais assez de tourner en rond à la maison. J'ai marché deux ou trois heures. Je ne sais plus au juste… Quand je suis revenu, toute la rue était en effervescence. Il y avait du monde partout. Des hommes, des femmes, des vieux, des enfants. Des dizaines d'autobus attendaient les uns derrière les autres. Je me suis frayé un chemin jusqu'ici, c'est là que j'ai vu ma famille sortir de l'atelier avec des valises à la main. J'ai voulu les rejoindre, mais, discrètement, mon père m'a fait non de la tête sans cesser de me regarder. Ma mère pleurait en serrant la main d'Anna qui tenait sa poupée contre elle. J'ai reculé un peu pour ne pas qu'elle me voie et crie mon nom…

Simon s'arrête. Une immense tristesse l'envahit. Il éclate en sanglots si longtemps contenus. Matthias est tout près de lui. Il pose seulement sa main sur son bras pour l'apaiser un peu.

– Mon grand-père avait raison. Nous aurions dû partir… nous aurions dû partir… J'aurais dû aller chercher mon père à l'atelier, j'aurais dû… répète-t-il comme s'il était responsable de leur arrestation.

– Tu ne pouvais pas savoir. Personne ne se doutait… tu n'y es pour rien.

– J'ai vu l'autobus s'en aller, poursuit Simon d'une voix brisée par le chagrin. À travers la vitre, je les ai regardés tous les quatre. Ma mère m'a fait un tout petit signe de la main, elle souriait. C'est la dernière image que j'ai d'eux.

– Comme dans mon rêve… comme dans mon rêve, murmure Matthias.

– Quoi ?

– … Non, rien.

À quoi bon lui raconter ce rêve prémonitoire? pense Matthias. C'est trop tard, maintenant. Et puis ce n'était qu'un rêve…

– Et après tu t'es caché là ?

– Personne ne connaît cet endroit à part moi. Mon père y rangeait quelques instruments. Dès qu'il faisait nuit, je

remontais à l'appartement pour manger, mais il n'y a plus grand-chose, ça fait deux jours que je n'ai rien avalé.

– T'inquiète pas pour ça, je retourne à la maison et je te rapporte tout ce que je peux trouver.

– C'est dangereux. Ils arrêtent toutes les personnes qui aident les juifs. J'entends tout d'ici, tu sais. Et il y a des patrouilles régulières qui surveillent la rue au cas où l'un de nous leur aurait échappé.

– Pourquoi ils ne t'ont pas pris, toi ?

– Je ne voulais pas porter l'étoile jaune. Je l'ai arrachée de ma veste avant de sortir. C'est ce qui m'a sauvé…

Matthias regarde le bout de tissu que Simon vient de sortir de sa poche. Il serre les mâchoires pour ne pas hurler sa rage.

– Bon, j'y vais. Je serai de retour dans quelques heures.

– Tu es fou ! Et le couvre-feu ?

– T'en fais pas, je ferai attention.

– Et tes parents, ils vont dire quoi ?

– Ça, c'est mon affaire.

Matthias court à toutes jambes jusque chez lui. Il monte les étages quatre à quatre. Ses parents écoutent la TSF en essayant de capter Radio Londres. Henriette est à la cuisine.

– Nous avons appris pour la rafle, dit Blanche en s'approchant de son fils. Est-ce que Simon et sa famille...

Matthias hésite. S'il leur dit que son ami n'a pas été pris par la police française, ils ne voudront jamais qu'il retourne là-bas.

– Il n'y a plus personne. Ils sont tous partis, ment-il en baissant la tête.

Son père vient vers lui.

– Écoute, Matthias, je sais que c'est terrible pour toi d'être séparé de ton ami et que tu as besoin de notre présence en ce moment, mais...

– Nous devons partir deux ou trois jours, poursuit Blanche. Nous avons une mission.

Matthias est partagé entre l'angoisse qu'il ressent à l'idée de les savoir en danger et le soulagement qui monte. Ce sera plus facile pour lui de fausser compagnie à sa grand-mère qu'à ses parents.

– C'est dangereux ? demande-t-il.

– Ne t'inquiète pas. Tout se passera bien. Rien n'a été laissé au hasard, répond Jacques. Je compte sur toi pour veiller sur ta grand-mère. Tu es grand, maintenant, et nous avons confiance en toi.

Matthias se mord la lèvre. Y a-t-il des mensonges moins graves que d'autres ?

– Vous partez quand ?

– D'une minute à l'autre, fait Blanche en serrant son fils contre elle. J'avais peur de ne pas pouvoir te dire au revoir.

– Je t'aime, maman.

– Moi aussi, je t'aime, mon tout petit. Nous reviendrons aussi vite que possible.

Henriette leur donne le paquet de provisions qu'elle a préparé pour eux.

– Soyez prudents, dit-elle.

Jacques tend un bout de papier à Matthias.

– Si dans trois jours nous ne sommes

pas revenus… Toi et ta grand-mère vous irez à cette adresse et vous demanderez Phoenix.

– Et je lui dis quoi ?

– Rien, il sait déjà. Tout est prévu.

Le visage de Matthias se ferme. Il a peur pour eux.

– Il ne nous arrivera rien, le rassure Blanche. C'est juste au cas où…

Deux coups de klaxon brefs. C'est le signal. Un dernier baiser et ils s'en vont.

Le repas est silencieux. Vers 22 heures, Henriette embrasse son petit-fils et va se coucher. Matthias attend qu'elle se soit endormie profondément pour aller à la cuisine. Le plancher craque, la porte du placard grince. Il suspend son geste, attend d'être sûr de ne pas avoir réveillé sa grand-mère, puis il l'ouvre entièrement. Dans un grand torchon, il met du pain, une pomme et trois biscuits. Il ne peut pas prendre plus, Henriette le remarquerait.

Il descend pieds nus les escaliers pour

ne pas éveiller les soupçons des voisins. Une chance, c'est une nuit sans lune. Les rues sont très sombres. Un peu partout dans la ville sont affichés les avis sur le couvre-feu. Matthias sait qu'il risque gros, car du coucher au lever du soleil, il est interdit de circuler sous peine d'emprisonnement. Tous les volets sont clos. Aucune lumière ne doit filtrer à l'extérieur qui signalerait aux alliés la position de la capitale.

Heureusement que Simon n'habite pas trop loin. Matthias marche vite en évitant de faire claquer ses galoches sur les pavés, l'œil aux aguets. Il doit non seulement se méfier des Allemands, des patrouilles de la police et de la milice française, mais aussi des voisins. La délation est devenue monnaie courante.

La sueur ruisselle dans son cou. Plus que quelques mètres. Ça y est, il est arrivé. Encore un effort pour passer par la petite fenêtre et le voilà dans le lieu. Avec l'agilité d'un chat il se faufile jusque dans l'atelier, ouvre la trappe. Simon dort. Il lui tape doucement sur l'épaule. Il ouvre un œil. Il paraît très affaibli. Matthias lui tend un biscuit qu'il avale si vite qu'il manque de s'étouffer.

– Eh, doucement. Prends ton temps. Tiens, bois un peu d'eau.

Matthias le soutient comme il peut. Le deuxième biscuit est englouti aussi avidement, puis la pomme.

– Je mangerai le pain et l'autre biscuit demain, dit Simon dont le visage reprend un peu de couleurs.

– J'essaierai de t'apporter autre chose. C'est pas facile, ma grand-mère surveille son placard comme la prunelle de ses yeux. Mais je me débrouillerai. Ah, tiens, j'ai trouvé cette lampe de poche à la maison. Comme ça tu ne resteras pas dans le noir tout le temps, mais fais bien attention que l'on ne remarque pas la lumière du dehors.

– Merci. Je ne sais pas ce que je ferais sans toi, dit Simon en serrant le bras de son ami. Je me fais du souci pour mon grand-père, mes parents, ma sœur. Elle est si fragile… J'espère qu'ils ne leur feront pas de mal. Si tu les avais vus les pousser dans l'autobus, on aurait dit qu'ils rentraient des vaches à l'étable. Comment peut-on traiter les gens de cette manière? Pourquoi?

Matthias ne sait que répondre. Lui non plus ne comprend pas cette haine.

– Ah, j'ai un cadeau pour toi, dit-il en lui tendant son herbier.

Simon tourne une à une les pages.

– Alors là, tu m'épates! Merci, ça me fait très plaisir. Et avec les noms latins, en plus…

Mais le visage de Simon s'assombrit à nouveau. Rien ne peut éloigner très longtemps ses tristes pensées.

– Et ton violon, ils ne l'ont pas pris, au moins? demande Matthias pour enlever, ne serait-ce qu'un instant, les douloureuses images de la tête de son ami.

– Non, mon père l'avait caché ici, dit-il sans joie.

– C'est une bonne nouvelle. Tu n'es

pas content ?

Simon hausse les épaules.

– Je l'ai essayé, j'ai joué tout doucement pour ne pas me faire entendre.

– Et alors ?

– Il sonne mal.

– Quoi ? C'est impossible. Ton père y a mis tout son savoir, toute sa passion.

– Il a dû oublier une pièce.

– Je te dis que c'est impossible ! insiste Matthias. Fais voir.

Simon sort l'instrument de son étui. Éclairé par le faisceau de lumière de la lampe, le bois couleur de miel du violon brille.

– Je peux ?

Simon le lui tend. Matthias le prend délicatement, caresse les cordes qui vibrent tout doucement.

– Je ne pourrai jamais m'en servir. Moi qui croyais… Eh ! mais qu'est-ce que tu fais ?

Matthias secoue énergiquement l'instrument.

– Il y a quelque chose dedans.

– Sûrement une pièce mal fixée. Je le savais. C'est pour ça qu'il sonne mal.

Matthias le secoue encore, le tourne et le retourne. Soudain, un bout de papier plié en quatre tombe sur ces genoux. Simon s'en saisit et le déplie. C'est une lettre de son père qu'il enfonce aussitôt dans sa poche.

Matthias ne demande rien, il comprend que son ami ait envie d'être seul pour la lire.

– Bon, il faut que j'y aille. Je reviendrai demain matin. Tiens bon.

Simon le retient par le bras. Il voudrait lui dire combien il lui est reconnaissant pour tout ce qu'il fait. Mais les mots ne viennent pas.

– À demain, dit-il simplement.

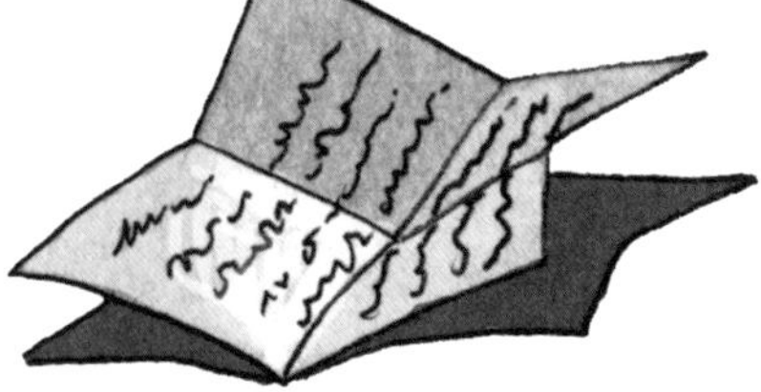

Chapitre 9

Après son escapade nocturne, Matthias s'est écroulé dans son lit, épuisé. Il a du mal à ouvrir les yeux, même quand Henriette le secoue pour le réveiller. Elle pose sa main sur son front.

– Tu n'es pas malade, au moins? Matthias… Matthias! Il est onze heures.

– Quoi?! Tu aurais dû me réveiller plus tôt, dit-il en sautant du lit.

– Tu en as de bonnes, toi! Et d'abord pourquoi es-tu si pressé?

– Euh… j'ai un rendez-vous, répond-il en dansant d'un pied sur l'autre pour enfiler son pantalon.

– Tiens donc, fait Henriette en souriant.

Elle est jolie ?

– Qui ça ? Hein…

Matthias vient de trouver un alibi…

– Très jolie.

– Et comment se nomme cette ravissante personne ? le titille encore Henriette.

– Euh… elle s'appelle… Lucie, affirme-t-il avec conviction.

– Bon, bon, mais tu ne sors pas sans avoir avalé quelque chose.

Tous les deux vont à la cuisine. Mine de rien, Matthias ouvre le placard à provisions. Ce qu'il voit le fige sur place. C'est-à-dire rien. Il n'y a quasiment plus rien.

– Mamie, le placard est presque vide, alors qu'hier…

– Je sais, mais j'ai préparé de la nourriture pour tes parents pour trois jours, tu t'en souviens ?

– Oui, mais il restait quand même…

– Et j'en ai donné un peu aux voisins du premier. Ils me font tellement de peine avec leurs quatre enfants qu'ils n'arrivent pas à nourrir.

Matthias est contrarié. Il avait promis à Simon de lui apporter à manger ce matin.

– Et nous, alors ?

– Nous avons de quoi tenir encore deux jours. Après-demain, quand ton père et ta mère rentreront, ils ramèneront des tickets. Pas besoin de t'inquiéter comme ça. Tiens, mange déjà ça et tu iras mieux, ajoute-t-elle en lui servant un bol de chicorée avec une mince tranche de pain.

Matthias hésite. Doit-il garder le pain pour Simon ou le manger ? Il a faim, lui aussi, et se dit qu'il ne pourra pas aider son ami le ventre vide. Alors il le mange, avec tout de même un pincement au creux de l'estomac. Soudain une idée lui vient. Il court dans sa chambre, fouille dans les tiroirs de son bureau, en sort un petit écrin qu'il met dans sa poche.

– À tout à l'heure, mamie !

Henriette n'a pas le temps de répondre, que Matthias dévale déjà les escaliers. Direction les Buttes-Chaumont, le repaire de Lucie, la fille qu'il a rencontrée l'autre jour. Elle pourra sûrement l'aider. Le seul problème, c'est que ce n'est pas la porte à côté… Il commence à marcher d'un bon pas, mais, même à ce rythme, cela lui prendrait trop de temps. Un autobus s'est arrêté quelques mètres plus loin. Tant pis, il tente le tout pour le tout, se met à courir et rattrape le véhicule qui s'apprêtait à repartir. Il grimpe sur la plate-forme arrière en s'accrochant à la barre. Il a à peine repris son souffle que le contrôleur vient vers lui avec sa machine à poinçonner autour du cou. Matthias fait mine de chercher dans sa poche.

– Il n'a pas d'argent, ça se voit tout de suite, dit un voyageur. Allez ouste, dehors les resquilleurs !

– Ces morveux se croient tout permis, non mais, je lui apprendrai les bonnes manières, moi ! peste un autre.

– Une future graine de voyou ! reprend le premier.

– Eh ho ! intervient le contrôleur, c'est pas bientôt fini ?

Sa grosse voix impose le silence. Il regarde quelques secondes Matthias, puis lui demande.

– Tu vas où ?

– Aux Buttes-Chaumont, monsieur.

– Ça fait une trotte.

Le contrôleur réfléchit en silence, essuie la sueur de son front, scrute Matthias, qui s'attend à se voir contraint de descendre au prochain arrêt. L'autobus ralentit, Matthias se dirige vers le marche-pied, mais des passagers le bousculent pour passer avant lui. Une fois le gros de la troupe sorti, le contrôleur l'attrape par le bras. Matthias pâlit.

– Allez, va t'asseoir. Il y a de la place à l'intérieur, maintenant.

– Merci, monsieur, fait-il en pensant qu'il y a tout de même des gens bien sur cette terre.

Après une demi-heure de trajet, les collines du parc apparaissent. Matthias remercie encore le contrôleur, qui le gratifie d'un clin d'œil, puis sort de l'autobus.

Dans le parc, les mères promènent leurs bébés dans des poussettes, les vendeurs de glaces crient « vanille-fraise! vanille-fraise! », des amoureux s'embrassent à l'abri des regards, des enfants jouent autour du lac. Si ce n'étaient quelques Allemands en uniforme dans ce paysage paisible, on dirait simplement que c'est un bel été qui s'annonce…

Après avoir demandé son chemin plusieurs fois, Matthias repère enfin la grotte. Il s'apprête à y entrer lorsque trois gosses à la figure sale et aux vêtements usés et déchirés font irruption et lui bloquent le passage.

– Tu vas où comme ça? demande l'un d'eux pendant que les autres tournent autour de lui en le détaillant des pieds à la tête.

– T'es pas d'ici, toi? fait un autre.

– Je crois que ces souliers sont à ma pointure, dit le troisième en le bousculant.

Matthias le repousse, faisant chanceler son adversaire. Ni une ni deux, les deux autres lui foncent dessus. Les voilà au sol, coups de pied et de poing sont de la partie.

– Eh ! Qu'est-ce qu'il se passe, ici ?

C'est Lulu. Elle est sortie de la grotte et tente de les séparer, en vain. Elle recule d'un pas et hurle :

– J'ai dit STOP !

Le ton est si péremptoire que les trois gamins cessent la bagarre.

– Allez voir ailleurs si j'y suis, ordonne-t-elle encore.

Les garçons pestent contre Matthias.

– J'vous ai dit de dégager ! fait-elle, l'œil noir.

Matthias se relève en essuyant du revers de la main le sang qui coule de sa lèvre fendue.

– Je te connais, toi, dit-elle en plissant les yeux. Ta tête me dit quelque chose.

– On s'est rencontrés il y a deux semaines, tu voulais me vendre des œufs.

– Ouais, c'est ça, la rue de Rome, j'me souviens, maintenant. Tu voulais me refiler des billes, dit-elle en éclatant si fort de rire qu'elle en fait tomber sa casquette.

Matthias découvre seulement à cet instant son joli visage, ses yeux verts, ses taches de rousseur, ses cheveux roux coupés très court.

– Tu dois avoir une sacrée fringale pour venir jusqu'ici. T'as de quoi payer, cette fois ?

– J'ai apporté tout ce que j'ai de plus précieux.

– De plus précieux… tu causes bien, se moque-t-elle gentiment.

Matthias hausse les épaules.

– Suis-moi. On sera plus tranquille à l'intérieur pour discuter affaires, ajoute-t-elle en l'entraînant dans la grotte.

Matthias découvre un univers fait de bric et de broc. Deux vieux fauteuils percés, un matelas un peu jauni, une table confectionnée avec des cageots de légumes sur laquelle est posée une lampe sans fil ni ampoule et une feuille de journal en guise de napperon.

– Tu vis là ?

– Jusqu'à ce qu'ils me fassent déguerpir, oui.

– Mais... tu n'as pas de parents? demande Matthias du bout des lèvres.

– Je les ai jamais connus. J'me suis tirée de l'orphelinat au début de la guerre. Les bonnes sœurs, j'en ai eu ma claque. J'ai fait trente bornes à pied pour arriver à la capitale. Depuis, j'me débrouille, et j'suis bien mieux comme ça. Eh, j'te raconte ma vie, là ! Passons aux choses sérieuses. Qu'est-ce que tu veux ?

– De quoi manger pendant trois jours.

– Trois jours ! Rien que ça. Ça va te coûter bonbon. T'as plus de tickets ?

– Euh... c'est pas pour moi.

– Le bon Samaritain, ironise-t-elle en détachant bien les syllabes. Tu fais tout ce trajet pour me trouver et c'est même pas pour toi ?

Matthias ne dit rien. Il pense à Simon tout seul depuis des jours dans son trou à rats, sans sa famille, sans personne. Sans hésitation, il sort de sa poche l'écrin, l'ouvre et le tend à Lulu, qui écarquille les yeux en émettant un sifflement d'admiration.

– Si on était plus vieux, j'aurais pris ça pour une demande en mariage, plaisante-t-elle en regardant la magnifique chevalière en or.

– Mes parents me l'ont offerte pour ma communion. Elle appartenait à mon grand-père. La pierre, au milieu, c'est un rubis.

Lulu enfonce ses mains dans les poches de son pantalon et fait les cent pas. Elle est partagée entre l'envie de prendre cette bague en or, qui vaut bien plus que trois jours de nourriture et dont la vente lui permettra de vivre tranquille plusieurs semaines, et aider Matthias, pour qui elle sent naître une grande sympathie.

– Bon, viens voir, dit-elle en enlevant la petite clef qui pend à son cou pour ouvrir le cadenas d'un grand coffre en bois. Je peux te filer du pain, des pommes, une tablette de chocolat… non, deux tablettes, trois œufs et un saucisson, que ton copain pourra faire durer plusieurs jours s'il n'avale pas tout comme un goinfre.

– Ça me va. Tiens, dit-il en lui donnant la bague.

Lulu hésite une seconde, puis la prend.

– J'te mets tout ça dans une musette. Mais fais gaffe de pas te faire piller.

– Oui, je ferai attention. J'ai cru comprendre que le coin n'était pas très sûr, fait Matthias en touchant sa lèvre encore endolorie.

– À la guerre comme à la guerre… répond Lulu en faisant sauter la bague dans sa main.

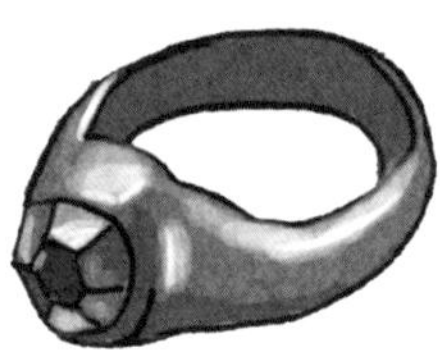

Chapitre 10

Il est plus de 16 heures lorsque Matthias arrive rue de Rome. Il est fatigué par cette journée éprouvante, mais il marche vite, pressé de montrer à Simon son butin.

La rue est barrée. La police est partout. Des soldats allemands, fusils en main, veillent. Penchés aux fenêtres, les riverains regardent le triste spectacle. Ils emmènent encore des gens. Matthias se faufile jusqu'au magasin de monsieur Lejeune, qui se tient sur le pas de sa porte.

– Ils s'acharnent comme des chacals sur eux! dit-il. C'est inhumain.

– Je croyais qu'ils avaient déjà raflé

tous les juifs, fait Matthias la gorge serrée.

– Plusieurs d'entre eux avaient réussi à se cacher, mais les primes promises pour les dénoncer sont très alléchantes et beaucoup n'y ont pas résisté. Je leur souhaite bon courage avec leur conscience, s'ils en ont une.

Sans ménagement, les policiers font mettre en rang par deux les juifs, parmi lesquels Matthias reconnaît monsieur et madame Villiers, d'anciens clients de Nathan.

– Eh ! s'écrie-t-il, il y a erreur. Ils ne sont pas juifs, je les connais.

Matthias fait un pas en avant, mais monsieur Lejeune le retient par le bras.

– Ne bouge pas ! dit-il à voix basse mais d'un ton ferme. Tiens-toi tranquille. Tu as envie de partir, toi aussi ?

– C'est injuste, répond Matthias. Je vous dis qu'ils…

– Je sais, je sais, mais ils ont caché une petite fille chez eux. Et le sort qui leur est réservé est le même que pour les juifs.

– Alors on ne peut rien faire ?

Monsieur Lejeune ouvre les mains, paumes tournées vers le ciel, comme pour dire « c'est comme ça ».

Matthias se tait. Les mots sont inutiles et il n'en trouve pas pour dire ce qu'il ressent. Tout cela est si incompréhensible. Il ne cesse de jeter des coups d'œil à la boutique de Nathan juste en face. Pourvu que Simon n'ait pas été pris. Discrètement, il fausse compagnie à monsieur Lejeune et se dirige vers la cour. Le vasistas est toujours entrouvert, mais pas question d'entrer pour le moment, ce serait trop risqué.

Les heures passent. La rue se vide peu à peu. Chacun rentre chez soi. Les dernières voitures s'en vont. Matthias s'est endormi dans la cour, contre le mur, en serrant contre lui la musette. Ce sont les sirènes qui le réveillent en sursaut. Une alerte. Il n'en a que faire. C'est le moment idéal pour entrer dans l'atelier. Avec la confusion qui règne dans ces instants-là, personne ne lui prêtera attention.

La cavalcade commence. Les passants se ruent vers les caves, les bouches de métro, ou se jettent dans l'abri le plus proche en un ballet inlassable et répétitif.

Matthias se hâte, il a un mauvais pressentiment, il s'écorche le genou contre le mur en grimpant, passe le vasistas sans lâcher les provisions si chèrement payées, et tombe dans le placard. Il va à quatre pattes jusqu'à l'atelier, ouvre la trappe, frappe trois coups sur l'étui de la contrebasse. Rien. Il l'ouvre tout doucement. Personne. Le violon aussi a disparu. Matthias ne veut pas perdre espoir. Peut-être s'est-il caché ailleurs. Il monte les escaliers, cherche dans chacune des pièces en appelant Simon à voix basse, en vain. Enfin, il pénètre dans la chambre de son ami. À première vue rien n'a bougé, sauf que son herbier est posé bien en évidence sur le bureau.

« Ils l'ont emmené. Où est-il, maintenant ? Que vont-ils faire de lui ? »

pense-t-il, la mort dans l'âme et le cœur gros. Il a envie de crier, de pleurer... Il se jette sur le lit et bourre l'oreiller de coups de poing, puis s'arrête, triste et épuisé. Il ne sait plus quoi faire et se sent inutile. Dehors, les derniers passants se hâtent. Une pluie d'été mouille le pavé.

Soudain, il se relève d'un bond. Pourquoi Simon aurait-il monté dans sa chambre son herbier, sinon pour être sûr que Matthias le trouve ?

Fébrilement, il tourne les pages. Rien. Il recommence. Enfin, sur l'une d'elle, il reconnaît l'écriture de Simon.

Matthias, mon seul ami,

Hier, la police est encore venue fouiller l'appartement et l'atelier. J'ai cru que j'allais mourir étouffé. J'osais à peine respirer de peur qu'ils ne m'entendent. Je ne peux plus rester ici à me terrer comme un animal. Je veux me tenir debout. Je ne sais pas où mes pas vont me mener, mais je dois avancer. J'ai pris mon violon. C'est tout ce qu'il me reste.

Je te remercie du fond du cœur pour tout ce que tu as fait pour moi. Sois certain que jamais je ne t'oublierai. Où que j'aille, j'emporterai ton souvenir. Ton aide, ton courage et ton amitié m'ont permis de survivre, et de sourire dans les pires moments.

Nous nous reverrons, j'en suis sûr. Un jour...

Simon

Matthias relit encore les mots de son ami. Puis il referme le cahier, le serre contre lui un instant, remet sa musette en bandoulière et s'en va en regardant une dernière fois l'appartement des Lipmann.

La fin de l'alerte a sonné. Les gens ressortent des abris comme des insectes attirés par la lumière.

Matthias marche lentement. Les flaques d'eau reflètent son ombre. Des hommes et des femmes le bousculent, pressés de retourner à leurs activités ou de retrouver les leurs. Il ne s'en soucie pas. Il marche, c'est tout. Il pense à Lucie, à son rire. Il a envie de retourner auprès d'elle, dans sa grotte, et de ne plus en bouger. Il a envie de lui demander comment on fait pour vivre sans parents. Il pense à Simon. Il se sent très seul.

Chez lui, l'heure est à la joie. Ça sent bon le café chaud. Jacques et Blanche ont réussi leur mission. À l'aide de leur réseau de résistance, ils ont pu faire évader Jean. Il était temps. Le pauvre homme n'aurait pu supporter plus longtemps les interrogatoires et les épouvantables tortures qui laissent des marques indélébiles dans le corps et dans l'âme…

Jacques et Blanche ne cessent de parler. Henriette a rempli les tasses et s'est assise pour les écouter. Ils disent que Jean aura passé la frontière dans deux jours. Ils disent aussi que leur combat pour la liberté ne s'arrêtera jamais. Ils disent encore qu'il ne faut pas cesser de croire en la vie, qu'il faut garder l'espoir. Toujours.

Matthias sourit, sans plus, sans parvenir à partager leur allégresse. Quelle liberté ? Quel espoir ? Pour qui ? « Les hommes ne sont pas égaux et le monde est injuste », pense-t-il. Il dépose les provisions sur la table de la salle à manger. Les questions fusent. Henriette lui demande d'où ça vient. Pourquoi sa lèvre et son genou saignent. Pourquoi il est si sale…

Il ne les entend pas. Il est ailleurs. Il est avec Simon, son ami de toujours. Ensemble sur le même chemin.

Épilogue

26 juillet 1960. Le rideau de velours rouge s'ouvre lentement. Les lumières de la salle s'éteignent. Les murmures s'estompent, puis le silence se fait totalement. L'Opéra est plein à craquer. Simon entre. Il porte un habit noir et une chemise blanche. Ses cheveux bruns lui tombent sur les yeux. Les applaudissements fusent. Il fait encore un pas, se place au bord de la scène et regarde le public. Il est calme et serein.

Au premier rang, il y a Jacques, Blanche et Henriette. Juste à côté d'eux, Matthias, qui fixe Simon sans cligner des yeux. Son cœur bat plus vite, plus fort. Il porte à l'annulaire droit une chevalière en or sertie d'un rubis. Simon lui sourit. Matthias serre un peu plus fort la main de Lucie. Le bonheur est là. Pas ailleurs. Juste à cet instant.

Simon place le violon dans son cou, penche un peu la tête pour caler l'instrument, l'archet n'a pas encore touché les cordes, le geste est suspendu. Il ferme les yeux. À chaque concert, c'est le même rituel. Le public silencieux attend.

Non, Simon ne se concentre pas, il lit. Il lit les mots de son père.

Mon fils bien-aimé,

Ils nous ont tout pris. Tout. Nos biens, nos femmes et nos enfants. Ils ont piétiné nos croyances et nous ont ôté toute dignité. Mais s'il est une chose à laquelle ni eux ni personne ne pourra jamais toucher, c'est l'âme. Tu sais, l'essence invisible de chaque être... Et puis celle que j'ai placée dans ton violon. Alors joue, mon fils, fais vibrer les cordes, que la musique résonne, jaillisse et s'élève. Libre, elle parviendra jusqu'à nous, j'en ai la certitude. Parce que la beauté jamais ne s'efface...

La première note ne rompt pas le silence, elle danse avec lui. Matthias lâche le programme qu'il tenait serré dans sa main. La feuille tombe sur le sol. On peut lire :

La Musique des âmes

Composée et interprétée
par Simon Lipmann

Juin 1940, les Allemands pénètrent dans Paris. Ils occuperont la capitale durant quatre ans.

Octobre 1940, le premier « statut des juifs » est établi. Ils sont exclus des postes de direction dans l'administration, la justice, la police, l'armée, la presse, le cinéma et la radio ; ainsi que de tous les postes dans l'enseignement.

Juin 1941, le recensement des juifs devient obligatoire.

Mai 1942, obligation est faite aux juifs de porter l'étoile jaune, « bien visiblement sur le côté gauche de la poitrine ».

Les 16 et 17 juillet 1942, près de 13 000 juifs parisiens, dont plus de 4 000 enfants (que l'Allemagne ne réclamait pas) sont arrêtés par la police française. D'abord entassés au Vél d'Hiv, ils sont par la suite déportés vers des camps de transit, puis à Auschwitz. La plupart d'entre eux ne reviendront jamais de ce camp d'extermination.

La « solution finale » décidée par Hitler, prévoyait l'extermination de tous les juifs d'Europe. Sur les quelque dix millions de juifs que comptait ce continent, près de six millions d'entre eux périront avant la capitulation de l'Allemagne, en 1945.

Achevé d'imprimer en France sur les presses de l'Imprimerie CHIRAT - 42540 Saint-Just-la-Pendue
Dépôt légal : juillet 2018 - N° 201807.0065